MW01539726

2

ISBN : 2-07-054890-2
© Éditions Gallimard Jeunesse, 1997, pour le texte
et les illustrations,
2002, pour la présente édition
Numéro d'édition : 04691

Loi n° 46-956 du 16 juillet 1949
sur les publications destinées à la jeunesse
Dépôt légal : février 2002
Imprimé en Italie par Editoriale Lloyd
Réalisation Octavo

Pef

Au loup tordu !

GALLIMARD JEUNESSE

Le jeune prince de Motordu
avait alors une dizaine d'années.
Comme il parlait à présent
parfaitement tordu,
ses parents lui accordaient
une grande liberté.
– Ne reviens pas trop tard,
conseillait tout de même sa maman,
la comtesse Carreau-Ligne
de Motordu.

– La nuit tombe vite, soulignait
à son tour son père, le duc
S. Thomas de Motordu.
– Oui papa ! À ce noir !
répondait ce taquin de Motordu.

Et le prince sortait son troupeau
de boutons.
– C'est parti ! criait-il.
Allez, roulez, et soyez sages !
Sinon, gare aux coups de baron,
parole de prince !

Notre jeune berger avait
pour habitude de mener ses boutons
sur une jolie colline fleurie.
Là, il s'allongeait dans l'herbe
et s'adressait à son vieux chien :

– File à la patte des boutons !
Surveille-les bien !
– Quoi ? Quoi ? aboyait ce chien
que le grand âge
avait rendu un peu sourd.

Un jour, le jeune Motordu somnolait
quand il entendit ces propos :
– Pardon, ma garçon,
je ne sais l'où je suis perdu...
Le petit berger se réveilla,
un loup se dressait devant lui !

– Bon jour, fit l'animal,
jeune suis pas d'ici, je ne parle
pas bon votre langue.
Et, en se grattant la tête,
le loup expliqua qu'il était venu
de l'étranger spécialement
pour manger quelque chose
de très bon, mais dont, hélas,
il ne se rappelait pas le nom !

– Pourtant je sais que cette chose, confia-t-il, fait des bêêê… bêêê !

– Des bêtises, voulut l'aider le prince, des bégonias, des bérets ?

– Non, ça se termine par on…

– Des boulons, des croûtons,
des bonbons ?

– Ça peut être bon… bon…,
hésita le loup.
– Mais non, protesta le jeune Motordu,
un loup ne mange pas

des bonbons, mais des boutons !
– Tout à vrai ! hurla le loup,
du bouton, du bouton !

– Comment ai-je pu loup plier ?
Puis l'animal se fit curieux :
– Des boutons, où puis-jean trouver ?
Moi encore jamais vu
ni mangé encore…

Le jeune prince tendit un bras
en direction de son troupeau.
– Ils sont là, mes gentils boutons !
Le loup leva une griffe.
– J'eux en manger peu ?
– Volontiers, l'autorisa Motordu,
et si vous avez encore faim
vous en trouverez partout !

Alors le loup préleva quelques
boutons et s'en fut les avaler
tout crus au pied de la colline.
Mais, comme le berger l'avait
prévu, il eut encore faim
et s'attaqua à toutes les personnes
qu'il rencontra.

– Au secours ! Au secours !
criaient-elles, un loup
nous arrache les boutons !

Mais les victimes n'allaient pas bien loin.
Privés de boutons, les vêtements
tombaient à leurs pieds,
les empêchant ainsi de s'enfuir.
Un peu plus tard, le loup retrouva
le jeune prince de Motordu.

– C'est très bêêêête, votre spécialité
de boutons, il faut en manger trop
pour ne plus savoir faim.
Chère aigrette d'avoir quitté
mon pays loin !
Le prince eut pitié de lui.
– Vous n'allez pas partir ainsi, insista-t-il,
il faut être bien habillé pour voyager.

Il courut vers une petite cabane,
qui lui servait d'abri les jours de pluie,
et en rapporta une leste de sport
plus un grand talon.

Le loup venu de l'étranger
se montra enchanté
et prit congé de son ami.

– Un instant, fit ce dernier,
vous oubliez quelque chose !
Leste et grand talon :
il y manque les moutons !

– C'est quoi, cela, les moutons ?
– Cher loup étranger, fit le jeune
prince, sachez que les moutons
servent à maintenir vos habits.

Le berger attira à lui une demi-
douzaine de jeunes moutons et
les réunit à la leste et au grand talon.
– Comme mignon c'est !
s'extasia le loup. On en mangerait !

Le jeune prince de Motordu se garda
bien de répondre, et le loup s'en fut
ainsi, dans ses abris bien moutonnés.
Puis le berger princier siffla son chien,
rassembla les boutons qui lui restaient,

et retrouva ses parents devant
une bonne loupe de lentilles.
Bien sûr, il leur narra sa rencontre
avec le loup mais la sonnerie
du téléphone interrompit son récit :
– C'est pour toi, mon fils !
avertit le duc.

Le jeune Motordu saisit le combiné :
– Ah que… ah que, fit à l'autre bout
du fil une voix que le jeune prince
reconnut aussitôt.
Il chuchota à ses parents :
– Quand on parle du loup,
on en voit l'ah que… !

– Bonsoir, cher loup,
comment allez-vous ?

– Ah que… je suis malheureux,
j'ai perdu tous mes moutons d'habit !

Et le loup raconta sa mésaventure.
En route, il avait rencontré des enfants.
À la vue de ce loup portant fièrement
quelques moutons,
ils s'étaient jetés sur lui aux cris de :
– Il faut en découdre avec cet animal !
– Il ne doit pas dévorer ces moutons !

Le loup avait protesté, assurant
qu'il ne mangeait jamais de moutons
mais des boutons.
D'ailleurs un jeune berger
lui en avait offert tant et plus.

– N'est-ce pas, cher prince ?
– Tout à fée, lui accorda Motordu
qui mordait à belles dents dans une
baguette magique de pain. Continuez !
– Alors, poursuivit le loup, quand
j'ai prononcé le nom de Motordu,

ces enfants sont partis
avec mes moutons en criant :
« Ah ! la belle lisse poire,
ah ! la belle lisse poire ! »

– Chenil comprends rien, nom d'un
chien ! se désola le loup étranger.
Le prince reposa le téléphone.
Sa mère, à qui il raconta toute l'affaire,
le sermonna un peu :

– Il ne faut pas se moquer des étrangers,
énonça-t-elle, leur langage est tordu,
mais eux, ils ne le font pas exprès !
– Hélas, ajouta le duc, ce loup
lointain va désormais passer le reste
de sa vie à se demander si
un mouton ça se coud,
et si un bouton ça se cuit.
Et le père du prince ajouta :
– Toute cette histoire m'a donné faim.
De quoi est composée la suite du menu ?

– De fil et d'anneau, une recette à moi !
annonça la comtesse Carreau-Ligne.
– J'avais compris du filet d'agneau !
s'esclaffa le jeune berger.
Décidément, j'ai l'air
aussi bête que ce loup.
Je ne me moquerai plus jamais de lui.

Mais son histoire est bien plus drôle
que celle du petit chaperon louche !

Et pour amuser ses parents,
le fils s'enveloppa dans sa carte
écarlate, tout en faisant
une affreuse grimace !